Hallo.peridol

Erzählung

Uwe Kraus

You lock the door and throw away the key
There is someone in my head but it's not me

Pink Floyd, „Dark Side Of The Moon", 1973

Erstausgabe 2019

Herstellung und Verlag: BoD - Books on Demand, Norderstedt

ISBN: 9783750403680

Für *Syd Barrett*

Für Anita, Willi und alle anderen

Uwe Kraus

1.

Haloperidol   (Che)

einmal und nie wieder haben die mir das gespritzt unter der
wirkung kriegt man einen pferdefuß es ist unwahrscheinlich
dass so etwas eine bioenergetische masse hat vielmehr einen
postsynaptischen kick zum klick da hilft keine manie da
schwimmt der neurotransmitter
wir die alle alles hinter uns gebracht haben auch die seligen
die mammuts und alles was uns zwischen die osteoporose
gerät
das gerät in die fänge des bösen
damals hatte ich noch einen kontrakt mit reclam leipzig meinte
ich o gott ich hätte eine oper verfasst wenn sie das gewollt
hätten dabei sprach nur die krankenschwester sächsisch und
die hat mir dann gesagt bis ich da raus käme wäre das beste
das acid auf die zunge zu legen und runterzuschlucken da gab's
erst das risperdal das auf der zunge explodiert ist wie brause
o mein gott

wenn ich darüber nachdenke:

da war syd barrett der war schon dreißig mal in dieser
gottverfluchten klinik und ich halte ihm den schierlingsbecher
hin mit dem orfirilsaft

alles was ich von dem noch weiß es ist krüger hans jürgen der
dichter vom schreckenstein

wenn der nur so gereimt hätte dann wäre der auch von pink
floyd gewesen alles ist legende dann starb auch der wirkliche

syd an krebs und zucker und ich fühlte mich zurückversetzt ins jahr 1996

es ist 1996 keiner freut sich

immer freitags gab's ein gramm hasch in der schule zum kaufen für zehn märker ich hab dann mit der heißklebepistole mit dem scheißkerl eine bong gebaut

„Du musst dein selbstbewusstsein ohne drogen finden"

das sagt ausgerechnet der
der scheißkerl
wir rauchten es war die 11. klasse ich hatte sie lieb alles liebe
da wäre beinah
beinah wäre ich davongekommen wenn da nicht der unfall in xanten passiert wär
ich brach nein ich verdrehte mein bein und wurde operiert
konnte nicht mal mein zeugnis abholen und dann auch noch das
sie hatten die beine verwechselt jetzt und morgen werden sie noch mal mit vollnarkose operiert

er kam dann in den ferien wir konnten nicht mal einen joint bauen aber im krankenhaus dort wo sie meinen kreuzbandschaden operierten rauchten wir gemütlich einen ottel

und dann konnte ich nicht mehr stehn

die operationen führten mich in die schlaflosigkeit

versteht ihr mich

ich hatte geraucht

aber was ist das eine vollnarkose
eine beamspritze an zwei aufeinanderfolgenden tagen
die haut um

natürlich kann das nicht gut gehen sogar im krankenhaus
konnt ich nicht mehr schlafen wegen dieser unglaublich
unnötigen exkursion nach xanten
die dazu führte dass ich das letzte mal fußball spielte mit
einem hackentrick zack die skulpturen und die schildkröte im
hof des museums blieben haften auch die karte die ich meinen
eltern schrieb

„osmose ist eine diffusion durch eine semipermeable
membran"

macht sich bemerkbar nach 10 bier

wie und wieso spielt man mit wodka o fußball

das ist doch unnütz da kam dann mein vater und verkündigte
die apokalypse
er holte mich ab nach kl
ohne anzuhalten raste der ins krankenhaus dort gaben sie mir
einen termin für die op
und ich konnte noch zwei tage zu hause bleiben es war eh
projektwoche
und somit musste man sich nicht anstrengen

um mitzukommen
ich war vorher schon mit dem roller um mein leben gefahren
auch hatte ich viel probiert aber ich kam von der zigarette zu
dolomo am schluss

der endzwanziger der immer noch nicht selbstständig aufsteht

versteht man das
da kommt die psychose gekrochen schon mit dem ersten
unberührten kiffen bis zum ausflug nach xanten
aber da wär ich noch davongekommen
letzte arbeiten in der schule 10 punkte für eine
gedichtinterpretation zu trakl dann 12 punkte in latein alles
war gemacht dafür für eine glorreiche zukunft

doch dann schaltete das großhirn kurz
alles war zu überfrachtet

ich dachte ich könnte die nacht durchlesen
kinderbücher
auch dass ich die sommerferien versaut bekam da muss man
doch was rausholen da muss man nachholen

und alles wäre erträglicher wenn ich nie angefangen hätte zu
spinnen
ich sehe ja ein
ich hatte mich übernommen nachts taghellwach und abends
die beruhigungsbong
dann kam auch dieser verdammte wettstreit wer wie viel
rauchen kann bis zum kotzen

oder bis zum nervenzusammenbruch wer versteht mich wenn

ich so fasel
ich hatte ja in der 10. klasse also vorher noch nicht einmal
gewusst was ein dreiblatt war oder wie man das baut ich kann
es bis heut nicht mehr
ich fing an die träume zu veräthern
und das zu recht denn alles was musik geschmack verleiht
oder die nervenströme hinterhältig aktiviert bringt den
unfrieden amen
oder

die demenz
ich jedenfalls hatte einen scheißkerl zum freund der baute
selbstständig
gras an und vertickte es auch
dann ging ich unter

ich hatte uneingeschränkte möglichkeiten zu rauchen zu pofen

oder die bong zu putzen
ich wurde leicht unkonzentriert und erzählte von demnächst in
diesem theater

da wurde nichts besser
aber ich bin kein einzelfall der unknown soldier der aus mir
wurde der die
wahnsinnigsten dinge zu verdrehen wusste blieb ich auch
ohne die märklineisenbahn die ich dann mitten in der nacht
aufbaute

zerbrechlich sind wir nicht aber die engelstrompeten
werden sehen wie ich mit ihnen umgehe
da bleibt der roller der mir in dieser nacht geliehen wurde

erst der unfall dann die laterna magica die ich mir bauen ließ
eine bong aus einer alten kaffeekanne die ich im wald
versteckte und ein feuer entzündete
ich war doch kein hellseher wie der bei tkkg ich hatte tags
drauf vorhergesagt sie würden clinton wählen keine große
vorhersage für einen der ahnung von politik hatte ich
jedenfalls hatte einen unfall mit dem roller der war nicht
schlimm aber folgenschwer wenn ich an xanten denke
ich stieß mit einer alten mercedesfahrerin zusammen die mir
vorwürfe machte aber ich war nicht schuld ich war vielleicht
etwas wirr schon bei diesem unfall aber der roller wurde
repariert und ich konnte mit einem ersatzroller durch die
gegend fahren

das hätte ich besser gelassen
denn dort wo ich hinfuhr gab es keine heimat ich verfuhr mich
erst jetzt machten sich stimmen in den fontanellen bemerkbar
ohne goldenes lenkrad
ich fuhr zwanzig wirre kilometer und kam nicht mehr heim
o mein gott
wie gesagt fuhr ich dann an diesem furchtbaren tag in die hölle
und danach ich wusste nicht wie ich heimkam in den wald

dort war der sportplatz auf dem wir immer spielten fußball
oder sonst was

hier hängte ich an die bäume die poster aus meinem zimmer
um dem platz etwas wie eine wohnzimmeratmosphäre zu
geben

dann hatte ich auch heimlich die laterna magica versteckt

kein dealer der stadt verkaufte mir noch etwas

ich war verfallen und spielte mit der alten petroleumlampe
mozart und nostradamus was sonst

es kam sonntag und ich versteckte meine stimmen bis ich das
erste mal in meinem leben mama sagte in dieser wässrigen
lösung
verschwommen das acid

und die cola mit dem amphetamin

mann gibt es zu erzählen

1996 im herbst kam ich auf die idee eine party bei uns unten
in meinen beiden zimmern zu machen
da war ich schon dementia praecox merkte das aber erst
später

ich richtete alles ein für eine alkfreie aber drogistenreiche
party
es kamen auch die allerhärtesten von ihnen

ich selbst besorgte 10 gramm purple haze
und die andern die pillen oder was man sonst noch baute
und brauchte
auf jeden fall entstand hier die laterna magica
ein erbstück

gott verflucht
zuvor
waren wir öfter in dem scheißkerl seinem bauwagen gewesen

und hatten dort auch partys gemacht

jedenfalls die 12. klasse begann mit vielen schocks

0 punkte dort und da ohne erklärung
eine ohrfeige nach der anderen

versteht ihr mich
ich glaubte ich schrieb eine eins plus

und dann die enttäuschung

jim morrison holte mich auf den schizopartys ein

ohne zu tun blieb alles verfangen mit den zwanzig bongs die
man an einem abend rauchen kann
wenn man will

mann o mann

da blieben wir stehen:

ich malte bilder die ich an die decke klebte

gott o gott
bilder mit augen
mit dem wort paradox

oder mit dem freimaurerzeichen ich sah augen die auf mich
zuschwammen da blieb ich nachts wach mit dem tv-kanal der
mir gehörte meinen wachträumen ohne konzentration
nach drei stunden schule schlief ich ein

und träumte vom schnee

der dann kam in halben metern

ich hatte ihn ja gerufen
auf den steintischen

der winter war hart und rau
ich wollte einen radiosender gründen wie bei „good morning
vietnam" aber blieb alles nicht ein traum?

Ich kaufte mir mikros und natürlich ein mikro zum aufnehmen
dort und da
schlich ich herum
immer mit dem verdammten homegrown

es ist eine lange geschichte und die gehört richtig erzählt
von c wie che bis z wie zellbiologie

wenn ich nur was in den schädel gekriegt hätte
ich bin nicht stiller
wiederholte der deutschlehrer

gott der hat auch schon sein halbwissen gemessen mit
meinem ehrlich

der hat noch nicht mal gewusst dass aristoteles der lehrer
alexanders war

aber zurück zum mikro zum radio und den cds die ich wie ein
kartenhaus auf der fensterbank aufbaute

ich wollte eine cd machen als leadsänger die originale
kopieren selbst mischen tonlos

bei meinem freund im bauwagen spielten wir mit den
schallplatten und drehten die teller
da kaufte ich mir auch ein mischpult und langsam verätherten
sich die ideen wie in diesem text

ich stand den ganzen tag zu hause am mischpult und sang in
mein mikro auf mikro
da ergaben sich tonlagen: ich schwöre

ich war kein einfacher schüler
eher hart und gegelt
doch wie setzte ich mich durch
gar nicht
da ist der beginn vieles zu verarbeiten
in zwischenstücken

wenn ich an den luftballonkiller denke der hat immer noch
glück
das ist zum kotzen

also da waren die schallplatten die partys und das sinnlose
herumgekiffe
wir waren auch zeitweise im haus freitags
der hatte einen keller und ein dachgeschoss für dies und das
blieb zu erzählen dass ich die maske von helmut kohl anhatte
und jeder lachte sich kaputt bei meiner figur
erst hatte ich zwanzig kilo abgenommen
wuchs aber aus meiner drogenerfahrung immer die doors
oder das album von the crow später radiohead

ich hielt mich streng an police die guten werden von den
bösen erhängt

leider

immer gläubiger wird man wenn man alles hinter sich hat und
damit leben muss
es wird auf jeden fall hinter einem getuschelt
im kunstunterricht kam ich wieder zum selbstunterhalter wie
bei freitag da glaubten alle wir wären im dschungel

und ich war sowieso zu blöd die chancen ernst zu nehmen
wenn man sein abi macht sollte man lernen
nicht mit dem keyboard spielen mit geigenklang

das war im gefängnis

ich spielte den ganzen tag

mit meiner krankmeldung war nicht zu spaßen erst die party
bei mir wo sie die laterna bauten
brachte die wende zum gedankenleser der ich so gerne wie
der hypnotiseur wäre wenn ich gelernt hätte die augen zu
schließen
es ist wie immer:
erst wenn man sich an seine geburt erinnert weiß man dass
man lebt
ich wusste ich hörte stimmen nicht dass ich anfing andere zu
verdächtigen sie schellten mich
sie ärgerten mich

da blieb der weg zu gott
erst wenn man die wahrheit im rechten muskel spürt
lebt man
immer das muskelzucken

dann gabs risperdal
gott sei dank

erst haldol dann ciatyl in übermengen
aber was half das

da blieben wir ruhig und zählten das klingeln des telefons

ob die frau aus der bibel wieder anrief

verdammt ich wusste nichts von gedanken die auf mich zu
flogen

amen

over and out

was gibt's da zu glotzen:

schwester schwester du bist für mich wie sahnetorte sang ich

sie war sehr hübsch und gab mir pillen die sie bei meiner
engelstrompetenerfahrung als fliegenpilz bezeichnete

ich kann sagen alle in so einer klinik sind plemplem
erst die ärzte
die wussten noch nicht einmal

von der synchronizität c. g. jungs
dafür aber vom kollektiven unterbewusstsein

das schadet
wenn jeder deine gedanken verfolgt

ich sagte
ich bin da wieso ihr nicht
ich hatte hier nichts zu verlieren
ich hatte dann wieder gedacht
die menschen könnten sich untereinander rufen wie beim
demian mit aller kraft der gedanken

doch wie soll das gehen das wägten die ärzte ab

einmal taufte ich mich unter der dusche
in dem sommer waren 40 grad gott sei dank

ich erinnere das einfach alles
doch das mit den flugzeugen erzähle ich erst später

oder doch jetzt:
ich sah roch und spürte anders meinte sting wäre über dem
haus oder ich könnte einen adler fliegen lassen als braveheart

doch vergaß ich mich umzubringen
da ich am schluss dachte: jetzt werd halt müllmann

ich kann nicht alles erzählen dazu bin ich zu schwach keiner
darf das erfahren

wenn deine mutter das hört

ich ruinierte die kindheit verplemperte geld und bekam
gestohlen vom goldfisch

lasst mich leben ihr götter
der zorn in euren augen straft mich
ich kämpfte mit hitler und napoleon um die sonne die dann
funkelte

hilfe die flugzeuge da war sting über dem haus und da pink
floyd

alles war mir bis weihnachten
bis weihnachten

ich war gesellschafter und börsenspekulant damals gab's die t-
aktie die brachte gewinn und ich saß vorm fernseher glotzte
den ganzen tag ntv und wieder kamen flugzeuge

als ich dann jahre später die wall von pink floyd sah dachte ich
ich hab mir nie die augenbrauen rasiert aber im großen ganzen

hilfe
hilfe
da sind radiohead auf dem ramsteiner flugplatz

da muß ich hin und mein geld abholen
immerhin hatte ich mit denen eine cd produziert und das
großhirn rief die gespeicherten telefonnummern im kopf an

happy day

alles war an weihnachten schwerelos und übel ich dachte ich
bekäme 'ne goldene schallplatte und bob marley würde noch
leben

ohne zu tun es war keine geile zeit
wenn man aufwacht dann richtig bitter stößt einem das auf
wenn die vergangenheit einen straft
ich fuhr ja gott sei dank roller und den führerschein hatte ich
schon vor meiner krankheit gemacht
anders wäre dies auch nicht möglich gewesen denn ich verlor
meine komplette orientierung mein selbstvertrauen und
meine konzentrationsfähigkeit
ich wurde gastschüler da ich leider nirgends einen gescheiten
notenpunkt zuwege brachte
doch nirgends gab es hoffnung

der arzt gab mir spritzen um meine gedanken zu kühlen um
mich zu heilen

doch was nützen spritzen wenn man unvernünftig ist mit sich
selbst

ich hätte trotz dem verlorenen jahr alles herausholen können
doch jedesmal wenn mich meine großmut treibt falle ich
zurück

oder?

das weiß nur gott ob ich damals in xanten vor meinen
operationen noch gesund war

ich habe den fehler gemacht alles ohne reue zu tun

und das ernsthaft

ich wäre am ziel angekommen schon gar nicht nie wie ich
schon in manchen gedichten schrieb

das erste rauchen das erste lügen
der erste freudsche fehler

die angst die eltern zu enttäuschen

bleibt die sehnsucht der tuberkulose
ich wiederhole mich

ein gedicht als lebendes darstellungsobjekt

ich hatte veräthert schrieb xenien und hymnen hatte gelacht
hatte geliebt

aber der preis von alldem ist die vergangenheit die mich
immer einholt

immer
ich hatte ein leben jenseits von gut und böse ein leben wie ein
lsd-trip der immer weiter wirkt

ich sehe nicht ein
alles wird um mich schachmatt sogar die buchstaben

ein leben auf einer modelleisenbahn

amen abba

abbacap
der bringt mich um der pilz stieß ich hervor
der pudding schmeckt nach sand
und die tischplatte verdreht sich

habe ich mich krank gepusht oder lag das von vornherein in
den genen?

Ich war doch niemals im köwi ohne zu kiffen mit freitag

mit ratte und jericho

ich hätte gedacht als wir damals beim lep waren gras ist
natürliches lsd und die purtüte gab das erste kribbeln im kopf
ohne schwermut

ich frage mich was ich falsch mache
meine eltern sind konservativ die nehmen kopfschmerzmittel

nicht mehr

ich kann nimmermehr
tiefe umgleitet das gesagte:

drogen sind scheiße verflucht

wer bringt mich auf die idee immer den falschen zuzuhören

ich gab mich immer dem potenzial böse hin

kein guter flaschengeist blieb bei mir nicht der von nadine die

ich über alles lieb hatte
auch nicht meine oma konnte mich verstehn

ich spritzte graffitti an die holzplatten des bauwagens von dem
scheißkerl

der nahm mir mein glück der der das gras anbaute und
vertickte der hatte ja in allem glück

ich bin doch seltenblöd dem meine nerven anzuvertrauen

der hilft mir jetzt auch nicht

nicht mal als ich klingelte und durch den türsprecher sagte hier
ist gott

da hatte der gedacht ich mach spaß

aber da schnitt er sich denn der persönliche jesus blieb bei mir

der ging in meinem herz auf an ostern

10 jahre später denke ich darüber nimmer nach

ich füttre mich mit tabletten
erst die nachttabletten alle zwei wochen spritze lyogen und
danach jetzt fluanxol
ich war im irrrenhaus da haben sie mich erhellt

davor da war ein anderes leben
ich fress die dinger übermenschlich
alles hab ich ausprobiert

keine prüfung die ich mehr bestehn würd

keine

ich habe mich ausersehn auf ein schiff zu steigen und ans
wasser zu bauen

hilfe amphetamin auf rezept
da kenn ich mich aus opioide auf die schmerzen vom knie
unaufhaltsam

die antagonisten der symptome

„nehmen sie keine neuroleptika"
zu diesem scheiß

oder
brechen sie die tabletten aus sich raus

die sind stark
die lassen einen schlafen wachen hallowach auf rezept

ein kick zum klick bioenergetischer masse die mein schädel
verdauen muss immer
immens
kennt ihr mich

ich war doch da gastschüler ich hatte durchschnittlich meine
schule beschlossen immer noch dehnt sich gift im kopf

wer hat mir das zugetraut
ich habe mir vorgenommen die finger vom dreck zu lassen
doch die glockenblumen aus nachbars garten jäten das konnte
man

ich sah schwarz weiß ich hatte doch versucht clean zu bleiben:

also
es blüht es ist frühjahr
alles verliert sich und wächst
die blätter der buchen und zuletzt die eichen ich sehe das land
aufsteigen mit der sonne am tag der demokratie

warum ist alles so groß und bunt wenn mein herz sich sehnt
nach glück und liebe ich seh nicht ein warum wir
auseinandergingen während die türme fielen in new york

alles ist doch glas und gefangen im netz einer spinne eines
dokumentarfilms

still klingt eine bewegung meines egos das ist wie wenn alles
nach unten sich öffnet
warum verlieren immer die guten

die die sich mit gott auseinandersetzen und beten und hoffen
mit liebe denen widerfährt immer was

die die sich nur auf eine spielkonsole beziehn haben glück
ohne sport leben die in einem zimmer eingepfercht in müll
und tv und cd hip-hop das ist alles was die brauchen

auf alle fälle hab ich die schnauze voll
immer trifft es mich und die andern sind die die alles
überstehen

wie schnell aus dem betrachten einer glockenblume etwas
fremdes werden kann wusste ich auch nicht aber es war ein
engel der eher wie ein bengel schien wie es mir widerfuhr

das märchen von dem ich in folge immer nur in gedichten von
ihm sprach
es anzudeuten wäre verlogen
die weisheit erzählt geschichten von diesem morgen an dem
ich ohne meine schuhe in der stadt herumlief am rathaus wie
ein penner schlief und meine geldbörse im parkhaus verlor

tagein tagaus derselbe müll
gelber sack bio rest usw.

ich seh nicht ein müll zu trennen doch wird mein ich durch
wände rennen und immer wenn ich mich sicher und
unangreifbar wähnte wird mir die göttliche furcht einen strich
durch die rechnung machen

das ist existentieller unfug ich mach das alles selbst kaputt
mich und mich

aber der müll alleine hält mich nicht vom schreiben ab
das existentielle sollte mich dazu bringen die geschichte zu
erzählen von narzissen es war ostern ferienzeit dann kam der

sommer als ich versuchte tee zu trinken bitteren tee er
schmeckte nach kartoffeln wie sud eines
nachtschattengewächses
das war es ja auch
bis zu diesem zeitpunkt trank ich immer nur tee von
johanniskraut rauchte gras hatte meine erste psychotische
phase hinter mir und nahm ab und zu etwas speed

wie auch in dieser nacht
das war mein glück dass ich so zugenommen hatte also nicht
dick aber trotzdem sonst hätte mich das zeug umgebracht es
ist eine stechapfelvariante sie ist aus mexiko steht in ziergärten
heißt engelstrompete und mich schaudert's wieder

also das war so:

wenn man codein mit coffein mischt ist das für den kopf
explosiv
und das tat ich ständig codein ich trank hustensaft wenn ich
keinen husten hatte nahm aspirin um mein blut zu verdünnen
und in dem mittel war ja auch coffein davon 10 pillen am tag
ich schlief wahrscheinlich den ganzen tag und hielt mich in der
nacht wach

es war nach 1996 jetzt 1998 es war ein großartiges jahr in dem
frankreich fußballweltmeister wurde ich liebe zidane doch das
hält mich nicht vom kiffen ab und sport zu treiben ich
verkehrte mit den falschen

am anfang war es nur ein gramm das sie mit mir rauchen
wollten und ich war einverstanden
wir fuhren in der stadt herum und kauften dope und etwas das

ich nicht kannte gelbes klebriges pulver
ich hatte keine ahnung das es amphetamine mit einem
heroinbeigeschmack waren

ich machte die welt unsicher in der nacht vom underground
zum fillmore und zurück

wenn ich einen bericht zusammenfassen soll so fällt es mir
schwer die sache klar und präzise inhaltlich wiederzugeben:

es fing harmlos an
ein gramm dies eine gramm das
dann der zaubertrank
ich sehe dinge die nicht da sind
ich sehe tiger neben mir laufen und versuche ins leere zu
schlagen vergeblich
dazu die adern des wassers auf den schränken
linienförmige strahlen der geometrie des raumes
ich sehe nicht wie ich rauche meine optik ist verschoben
ich sehe nur ein kleines bild von der wirklichkeit meine
zigaretten inhaliere ich tief obwohl sie gar nicht da sind
ich habe kartoffeligen geschmack im mund

das ist wie der sud eines hexengebräus das ist anders das ist
zusammengefasst ein traum den man am tage mit offenen
augen sehen kann

„ich sehe dich wer bist du dich kenn ich gar nicht"

so ungefähr ist das

wenn man im traum schlafwandelt und sagt sich vor das mach
ich nicht mehr
dann ist das ein zeichen das einem das nicht bekommen
konnte

oder kann

wer mir erzählen will er hätte das gut überstanden der ist
gezeichnet von seinem traum

ich sah in den nächten danach übernatürliche verwindungen
von bäumen toren aus eisen
eine parklandschaft in der mich die pflanzen fressen wollten in
der alles so sensibel und schwer zu begreifen ist in träumen
die wir tränen

wenn ich versuche zu verstehen das war die waschmaschine
im gehirn von der krüger syd barrett singt
so auch in meiner erfahrung

gewachsen sind die hoffnungen alles aufzuschreiben nach dem
colaglas voll sprit
das war das

ich habe zu viel getrunken wie obelix
jetzt gibt es kein zurück wie damals in xanten
das ist diese geschichte:
sie handelt von schatten und wird wie alles in dieser erzählung
klein und ohne punkt und komma geschrieben

vor dreizehn jahren:

1995

im sommer habe ich das erste mal einen fehler gemacht den
ich noch heute bereue
wir waren am anfang eines sommerlichen abends in eine
kneipe gegangen den köwi

ich hatte keine ahnung was in mir vorging ein paar freunde
bestellten bier

ich war sechzehn hatte damals schon einen roller und einen
stolzen ehrgeiz
ich war alt genug bier zu trinken was ich auch tat
ich wusste nicht was eine zehner ecke war ich war genervt als
meine freunde davon sprachen haschisch zu kaufen
die kneipe war ein umschlagplatz für solches und wurde
polizeilich bewacht doch das störte die nicht

mein freund ratte kaufte sich ein gramm und hatte schon
erfahrung wie es war einen joint zu bauen und so gingen wir
ins haus seiner mutter hörten „wizo" und bauten
ich war so an mir vorbei dass mich nichts interessierte wie
rauchen

und fort von hier

die anderen machten späße und ich betete in mir nicht etwas
falsches zu tun kurz darauf mit einem riesen schlechten
gewissen verabschiedete ich mich von ihnen und schlug mir
mehrmals auf den helm als ich nach hause fuhr

ob das ein knackpunkt meiner seele war weiß ich nicht ich war sensibel und ängstlich immer schon

meine eltern wussten nicht wie ihnen geschah immer öfter
verspätete ich mich
blieb manchmal ganze nächte weg
bis zu jenem abend im sommer 1996:
ich sah gelb

vielleicht wissen sie was eine bong ist oder ein eimer

mittlerweile machten wir eine sportart aus dem kiffen wer
raucht wen unter den tisch
ich war immer noch mit meinem schlechten gewissen belastet
was meine seele ansägte

ich war in meinem falschen selbstbewusstsein gefangen und
brach was mir einen ersten nervlichen schock zu setzte

ich war mit den ohren taub und konnte nicht mehr gehen
ich hatte das ganze gefüge des raumes in mir

es war ein bauwagen in dem wir saßen da bei dem scheißkerl
und in mir ich musste die augen schließen

alles was darin war
war in mir
und der typ sagte ich sollte den eimer mit dem erbrochenen
raustragen: ich konnte nicht ich konnte nicht mal stehn
meine beine versagten

ich war gefangen in mir
kälte überfiel mich

die tür wurde geöffnet und die luft tat gut

ich hatte einen nervenzusammenbruch
zu viel kiffen eimer dosen bongs

ich war nicht mehr ich selbst
wenn ich die augen öffnete war alles gelbstichig
ich hatte eine kurze bewusstlosigkeit

mein freund besaß den mut musik zu spielen und
ausgerechnet dieses lied

dieses lied

the doors „the unknown soldier"

das war ich
fühlte ich

dass ich war zu viel liebe mich schaudert der gedankenstrom
ich war gelb wie die simpsons
weiß nicht was ich fasele

weiß nichts mehr konnte nicht mehr laufen

dann kam mein vater

und die apokalypse begann!

Es wäre ein schöner sommer ein milder herbst gewesen ein
klirrender winter
ein eiskalter frost

ertränkt am schluss mit risperdal
blieb mir dann nur das brainspotting

das ich erfand in meinen müden augen

jede nacht hellwach und der morgen zum kotzen

ich könnte jetzt auch nicht schlafen die therapie bringt den
erfolg
es wäre so schön das leben wenn eine apokalypse nur einmal
auftreten würde
mich strafte sie zweimal
ich will das ja auch alles erzählen

doch mein ego verrührt sich zwischen den lebensenden

bleiben die tabletten die erinnerung ich erinnere das einfach
alles

und die hymne deren gleichnis hier abgelegt wird
kann mich nicht mehr verstören keine bioenergetische masse
nicht das lsd das xtc die pillen der wodka o

ich erfand brainspotting

ich hatte ein goldenes lenkrad und eine deckenleuchte auf die
ich lux geschrieben hatte
wie licht
da war ich noch gut in latein

aber später in meiner ausbildung begann die rückkehr mit
jedem kiffen während dieser therapie

ich hätte gelernt

ich hätte gearbeitet in der schule
bei meinem zweiten konzentrationslosen versuch für mein
fachabi lernte ich manchmal 14 stunden
ich gab mich der zukunft hin dann haben die mich nicht mehr
gebraucht

sie gaben mir chancen die ich nicht nutzen konnte

ich kam nach meiner engelstrompetenerfahrung
in die dreizehnte klasse dieser verdammten schule
auf pep brach ich mir vor wut die finger an meiner zimmertür
hätte ich eine person so fest geschlagen wäre sie tot

untot war ich
das pep machte mich hell-hell-hellwach
wie schon '96

während der schlimmsten paranoid halluzinatorischen form
meiner erkrankung
war alles nicht so schlimm ich stand dabei nicht unter
beobachtung

ich wäre gebrochen mit diesem oberstufenleiter

unser studiendirektor der meinte es gut mit mir
am ende bekam ich ein durchschnittliches abgangszeugnis

fachabi
ich hätte sowieso nicht gedacht dass ich das abi machen

würde

da ich viel zu viel angst vor prüfungen bekam

aber zurück zu meinen gebrochenen fingern:
ich hatte das pech dass ich operiert werden musste und dass
ich dann 6 wochen nicht mehr in die schule konnte
pech
auch die studienfahrt konnte ich nicht besuchen

ich war ein idiot
ich hatte keine chance

wenn man 6 wochen schule versäumt auf leistungskursniveau

dann ist das kein wunder
auch die drogen machten das nicht besser

gott jetzt gibt's haldol
in der klinik
dann ciatyl danach lithium und danach fluanxol

da hörte dann das brainspotting auf die telepathie
ich schmiss beinahe meinen fernseher aus dem fenster

ich war total verrückt

und das 10 jahre lang

deshalb:

brainspotting

dies ist überhaupt der begriff meiner täuschungen
im innern fühlte ich gedanken zu erhaschen wie sie andere
denken und fühlen das war '96 so wie auch 2003

beides male holten mich die flugzeuge die nummernschilder
und dieser unnötige denkfetzen ein
eingehüllt in stoff und seide

ich war doch erst siebzehn

wenn alles sich auf eine landkarte bezieht auf der ich lenin
einschrieb
und stalin hitler che dann war das wie wenn ich in meinen
schulatlas die stätten jesus' einschrieb
ich war ungebrochen
oder doch gebrochen ich lief in der stadt nach der schule
herum und verkündigte die apokalypse

invisible sun won't you come

dann kaufte ich mir damals die doors-biographie
überhaupt waren „the doors" die musik und die leidenschaft
meines falschen
selbstbewusstseins

das ist wie wenn ein bussard über die wälder fliegt
und man meinte man könnte seine flugbahn mit den augen
verschieben

wenn ich an all den schrecken denke so fällt mir auf wie klein
und spiegelig das leben ist

ich bin nun 30 und weiß nun mehr über die buchstaben
meiner seele

ich bin gefangen und befangen
zu erzählen

das ist wie wenn ein reh über die straße läuft und man kann
seine aura spüren wie wenn man die autofahrer mit dem
goldenen lenkrad warnen will
musik die ich hörte schmeckte ich auf der zunge

ich fotografierte den himmel
schwarz-weiß

und alles was auf den bildern war wie ich sie entwickelte
weiß die farbe meiner seele ein schachspiel
ich spielte mit mir selbst schach und ließ die musik die ich
spielte die figur wählen
das ist brainspotting

ein leben auf einer modelleisenbahn

ich lief auf den schienen
bis der zug kam und pfiff
ich mit pfiff
im metternichwald den es gar nicht gibt

es war alles was ich sang:
get up stand up
great god will come from the skies take away anything
and make everybody feel high

dann schneite es

und ich war der wassermann

wässrig

die limonade mit dem pep
das war doch nur cola mit amphetamin die ich trank das hero
das heroin für die aggression
da frisst du nix mehr

da konnte man nicht mehr stehn
die schmerzen in den beinen
wie wenn das risperdal
mit dem maisgeschmack nicht verträglich ist mit diesem zeug

ich hätte nicht ein bömbchen mit den tabletten zusammen
nehmen sollen

das war doch dann zu viel

ich gab mich dem perazin hin musste 100 mg neurocil nehmen

um gottes willen
das bringt normalerweise einen elefanten zum schlafen mich
damals nicht

jetzt haben die mich ja ruhiggestellt mit lyogen das macht den
kopf frei

das fluanxol ist sowieso nur die halbe molare masse

10 prozent

ich habe das alles nie gewollt

doch mein leichtsinn macht alles schwerer

ich wollt doch nicht nach l.a.
My way to l.a.
landeck

da haben sie mich festgebunden ich war doch da so
durcheinander die dachten es geht mit mir zu ende
da kam

der riesen flashback

alles kam zurückversetzt

alle drogen die ich nahm fraßen sich im hirn fest

in diesem moment

untot
festgekrallt

ich lag da und wusste mir nicht zu helfen

wer hat das wasser auf den schränken verziert

ich gab mich hin

polytoxikomanie

help

da war dann auch die stimme wieder
ich wiederhole die stimme war da und sprach mit mir alles
wegen dieser bibelgeschichte

ich weiß selbst nicht wie ich da hinkam

und wo das endete ich nahm dann erst mal die spritzen ruhig
auf

die haloperidol 250 mg
einmal und nie wieder
dann ciatyl

ich verende meinte ich ich bekam sogar glaube ich sigaperidol

das ist stark das ist verdammt stark

ich trank vorher so viel alkohol dass ich nicht mehr klar mit
den gedanken wurde

ich hatte mich verliebt ja gott aber ich war zu high schon im
ersten moment
die frau aus der bibel

esther
die rief ich ständig dann an nachdem ich sie ein paar mal
getroffen hatte

ich wollte doch ich konnte nicht mehr aufhören von ihr zu

sprechen ich schrieb ihr sms mit shakespearezitaten

doch dann war alles verloren

ich glaube ich werde nie mehr in eine von den kneipen gehen
können in denen ich vorher verkehrte

überall hausverbot

meine freunde halten mich vielleicht schon für scheintot weil
ich jetzt nichts mehr trinke

oder weil ich ganz mit den drogen aufhörte

jedenfalls kann ich die klare lage der dinge vorziehen

ein schriftsteller der nicht klar denken kann sollte nicht
schreiben

ich versuche die sache ja nur inhaltlich wiederzugeben

„du trinkst und rauchst nichts mehr"
fragte er

und ich antwortete „ja natürlich"

ich will leben und nicht im gummianzug stecken in der
geschlossenen das hatte man ja schon

meine eltern an die sollte ich auch mal denken die können
mich ja so nicht ertragen mit dieser wahnsinnigen art

meine droge ist und bleibt dieses schreiben

sieht das denn keiner

ich habe doch nur diesen einen computer die zwei
schreibmaschinen und diese erinnerung

aber da war ich stehengeblieben:
illness

dann kam seroquel in mein leben da kam dann die klarheit die
wahrheit

mit dem zeug kann man sogar den doktor machen sagte mein
therapeut

das ist zum lernen wie zum schreiben
also wenn man bekloppt ist sollte man darauf zurückgreifen

nie aber sollte man 100 mg imipramin nehmen mit einer
bipolaren erkrankung im depressiven falle vielleicht aber
niemals wenn man weder das eine noch das andere ist

bipolar heißt ja manisch depressiv

ich bin im maximalen falle schizoaffektiv da ist der übergang zu
egal welchem seelenzustand ob produktiv schizophren
manisch oder depressiv fließend

das floss jetzt nicht aus meinem mund

da können sie jeden arzt fragen

aber

depeche mode war ja da

die hab ich gebraucht gekifft

und das ewige pink-floyd-gefasel

the miner of truth and disillusion

ich war doch damals

zu beschäftigt

die dinge klar und präzise inhaltlich wiederzugeben

also 2000 fing ich richtig mit dem schreiben an
immer im hintergrund der fontanellen die tabletten und
regelmäßig

die drogen die man in sich kaut
um besser schreiben zu können

das dachte ich:

2003 kam dann ein anderer patient des schiffes landeck auf
mich zu und sagte bleib sauber

wieder am schrank stand geschrieben

„du musst dein selbstbewusstsein ohne drogen finden"

und das machte ich mir zu eigen
DIE KLARHEIT

wenn ich es mir überlege die dinger die ich jeden tag nehme
nehmen andere um high zu werden
das seroquel ist manchmal wie ein eigener trip das ist so stark
obwohl es nur ein neuroleptikum ist
und angeblich nur so stark wie zwei mg risperdal

von dem nahm ich früher 6 mg

doch was muss das muss

ich bin doch kein apotheker ich kann nur so erzählen wie ich es
spüre

da bleibt der versuch die geschlossene zu vergessen das
angestaubte schrifttum zu erhellen mit diesem text

ja ich bin dabei mein viertes buch zu veröffentlichen

und das in einem richtigen verlag ich wollte das alles erzählen
wie es mir die stimmen beibrachten es gibt kein zurück keine
zeitmaschine mit der man sich in xanten vor die operationen
beamen kann es ist zeit das zu akzeptieren das brainspotting
die pillen vom pillendreher die spritze die man alle zwei
wochen schießen muss

ich hätte gelebt

oder alles vergangene verflucht

doch mittlerweile geht's mir doch gut und das nur weil ich
schreibe das muss jedem klar sein

man kann die vergangenheit nicht wegätzen oder wegbrechen
da bleibt sogar eine göttliche erinnerung

eine göttliche vergangenheit

immerhin ist das ja eine gottespsychose oder wie glaubt man
sonst jesus zu sein

das ist glasklar ein film

„du musst deinen eigenen film fahren"

sagte dieser penner und ich trug es weiter von brettern war
die rede so groß wie spanplatten

die wir uns gaben

dreißig bongs ein paar dosen und wirre gedanken

„bis in die hallus"

meinte er

das muss doch genügen

wir laberten und schickten uns ins paradies so jedenfalls meine
auffassung

ich verlor den führerschein
weil ich auf kurzurlaub von der klinik zu der frau vom
verkehrsamt sagte ich wäre auf kokain gerne auto gefahren
opium und kiffen
zum auto fahren
die sah mich dumm an zwei wochen später hat die meinen
lappen zerschnitten

ich musste screenings machen

da viel von dem was ich ihr sagte nicht stimmte bekam ich
nicht mal mehr den verstand zusammen
zwei wochen später fuhren die mich mit meiner kinderbibel
wieder nach landeck

diesmal wenigstens nicht mit zerrissenen hosen
blutbeschmiert und ohne polizei und ohne tinte am ganzen
leib

ich war schriftsteller und ich hatte noch nicht mal schuhe an
auf dem weg ins krankenhaus

da war eine halluzination vom sicherheitsbeamten
der war doch gar nicht da
ich meinte ich wäre truman

und würde gefilmt die alten schicks kamen wieder

die flugzeuge ich meinte das wäre pink floyd

und der flughafen meiner
dort würde die queen auf mich warten

es kam soweit dass alles seinen sinn verlor ich bekam das haldol

und ich wiederhole das jetzt nicht mehr

die ketteten mich in handschellen

und verfrachteten mich

nach l.a.

Gab es die möglichkeit ohne pillen zu leben überlegte ich zu lange

dann nahm ich 12 mg risperdal

und konnte trotzdem nicht schlafen

ich nahm meine matratze und legte mich auf meinen balkon

ich hatte wahnvorstellungen ich war verliebt und reumütig genug alles was mir in die finger kam aus dem dritten stock zu werfen

dann kam erst das ordnungsamt dann die polizei

ich war irre ich fraß die seiten aus den büchern

und gab mich diesem dreck hin

alles weil ich meinte unter mir und in meinem kopf würde
esther wohnen

verdammt

die schrieb mir doch mauskuss

wenn ich nicht so plemplem gewesen wäre

dann wäre ich mit dem killesbergbaby auf dem dach der stadt

doch da war ich erst ausgezogen

meine eltern verstanden mich nicht mehr
hilfe

am 26.08.2003 verstarb meine großmutter

die bekam das dann gott sei dank nicht mehr mit

wenn die das alles wüsste hätte die mich aufgespießt

seit dem 3.07.2003 war ich in l.a.
an die ersten drei wochen erinnere ich mich überhaupt nicht
mehr

dort blieb ich dann mit teilstationärer behandlung in der
tagesklinik

bis 16.01.2004

fast mehr als ein halbes jahr

in dieser zeit wurde ich noch nicht mal normal

es schien als würde ich
gar nicht mehr gesund

das
war doch zum kotzen der eine dort meinte er hätte die bibel
geschrieben

ich glaube der hat crack geraucht gehabt

der krüger von dem ich erzählte machte mit mir die nächte
durch

dort war auch einer
der hatte bundeswehrklamotten
immer andere uniformen
und ich lachte den ganzen tag

ich war schizomanisch
vom alkohol
wie von den drogen

help

ich las bevor sie mich festnahmen

in paul celans gesamtwerk und der mohn und das gedächtnis

da verirrte ich mich

das buch sah aus wie eine bibel das ist sie bis heute für mich
geblieben

was ich auch tat
ich tat es nicht mit absicht
schwer fällt es mir einzureden was ich falsch machte

doch die stagnation erzählt von vorwärts nie rückwärts

1996
war die schlimmste zeit
da wusste ich noch nicht mit der krankheit umzugehn

ich hatte alles verloren meine freunde blieben
obwohl man sagt drogenfreunde sind keine freunde

und das herumhängen bis zum bücherfresser macht das herz
lahm

ich beherrschte immerhin den wind und die gedanken jesu
ich multiplizierte meine träume auf tage und schwieg später in
den sand der urnen
mohn und gedächnis: eines wusste ich gleich
ich wollte schreiben

schon in der 11. klasse verfasste ich ein manuskript das ein
drehbuch werden sollte
ich jedenfalls war zu diesem zeitpunkt nicht reich an lesestoff
doch immerhin hörte es sich wenigstens an wie simmel

der ging ja zum regenbogen

ich hatte mich erst nach meiner schulzeit weitergebildet und
fand eine welt aus philosophie und dichtung die mich zwang
zu antworten

ich schrieb ein manifest mein erstes werk

doch ich konnte nie wie in diesem text mich selbst spiegeln

ich war gewillt zu schreiben
und ich war in einen vergifteten brunnen gefallen der mich bis
hierher zu diesem manuskript
und meinen vier büchern brachte

doch zurück:

hier ist das was mich anstrengt
sieh die guten werden von den bösen erhängt
das war doch nur opium fürs volk
ich rauchte heimlich auf der terrasse meiner eltern die
wussten nicht was in mir vorging

im garten (es war schon herbst) standen viele büsche und
bäume
und jedesmal wenn ich mit meiner zigarette einen baum
anblies kam ein windstoß und bewegte ihn kryptisch

das war der erste auslöser für eine größenwahnsinnige dekade
ich wurde achtzehn und keiner glaubte mir

ich meinte ich bekäme einen hubschrauber von pink floyd

geschenkt
und eine goldene schallplatte
ein weihnachtsgeschenk der queen

einmal flogen flugzeuge am himmel und zierten ein kreuz an
den himmel sah aus wie das wappen schottlands

danach hielt ich mich für einen earl und begann meine hände
zu studieren ich meinte ich wäre poseidon

oder shakespeare
ich las ein buch das mein vater von meiner großmutter
geschenkt bekam
hierin waren alle wichtigen personen der geschichte und ich
verstand dass ich bei jedem kapitel die person wechselte

ähnlich wie mit der musik und dem schachspiel
ich verlor gegen könige

dann kam ich mit meinem wahnsinn zum arzt
er ist für mich ein wichtiger bestandteil meines lebens
geworden

in der ersten sitzung verachtete ich ihn beinah spuckte ich ihn
an
mir kochte die galle über

alle im wartezimmer hatten angst vor mir
ich faselte von sigmund freud und erzählte über die bibel

doch er nahm mich nicht ernst

da gab's dann das erste mal risperdal
gott sei dank

aber was texte ich

ich bin doch nie richtig auf ihn eingegangen am anfang

kaum ein jahr war vergangen und ich fing wieder mit dem
kiffen an

erst in kassel bei einem ausflug zur „documenta" mit dem
kunst-grundkurs

dann auf meiner ersten studienfahrt in frankreich

die zweite konnte ich dann nicht besuchen wie ich schrieb da
ich mir ja die finger brach verdammt

ich hatte alle chancen wieder normal zu werden doch ich
täuschte mich
ich wurde von jahr zu jahr extremer

ich wurde anstrengend und böse von den engelstrompeten

hier musste ich nicht mal in die klapse

ich verfuhr mich mit dem roller
ja aber ich wurde nicht verrückt
auch brach ich falsche kontakte ab

und fuhr mit meinen eltern in urlaub

dann blieb ich anständiger doch nicht allein drogenfrei

auf jeden fall war das ein glück dass ich den crackraucher aus meinem umfeld verbannte

die leute die ich dann kennenlernte

nahmen zwar auch drogen dafür waren sie aber intelligenter und ich begann mich mit der literatur wie auch mit dem schreiben zu beschäftigen

gott sei dank

ich fühle mich bei denen immer noch wohl auch wenn die ab und zu noch manchen quatsch machen

aber sie bieten mir nichts an

ich bin vernünftiger geworden

ich will doch schreiben und nicht noch einmal die antigone im karstadt vorlesen

wie war das nur geschehen dass das mir passierte

ich weiß es nicht
noch nicht

ich will trotzdem meinen eltern huldigen

und ihr entgegengebrachtes vertrauen nie ausnützen

ich bin weise genug
und mache dies nicht mehr

drogen sind schrott und keiner der solches nimmt kann etwas
damit verdienen
keine bewußtseinserweiterung ist das wert was ich mitmachte

dies sei mein letztes wort

in ewigkeit

AMEN

Uwe Kraus
Kaiserslautern, den 17.04.09

2.

<u>1979</u>

war ein erfolgreiches jahr für den fußball
auch für mich denn ich entstand in einer kreischerei
zangengeburt

da spielte der betze gegen berlin 3:0
und das in meiner geburtsstunde

ich fühle mich wohl in meiner vergangenheit da war alles
kristall dann kam pitje puck und masters of the universe auch
tkkg entstand 1979 und benjamin der erste wetterelefant der
welt kam '79 auf den markt in der schule kam '85 der
ausbruch
meiner erwachsenheit erst der kindergarten dann die
geschwister-scholl-grundschule auch die realschulempfehlung
das fachabi von dem ich schrieb '98 und die gesellenprüfung
2002 dann die wall die '79 zu meinem ersten weltuntergang
führte die schriften der zeugen jehovas meines onkels seit '81

das war's zusammengefasst
ich bin 30
gott sei dank und hab es am herzen und kann nicht mehr
durch die zeit reisen
aber ich will doch von vorne beginnen

da bleibt dass ich 2000 anfing zu schreiben
und mich der muse hingab

hier komme ich her:

17.02.1979
klinik kaiserslautern
direkt neben der buchhandlung in der ich immer meine
bücher kaufte da wurde ich um 15:25 uhr geboren durch diese
zange die mich ins leben riss direkt von den engeln von oben
zu den engeln

das war die genesis meines lebens der erste fisher-price-
baukasten zu weihnachten mit drei dann die he-männer mit
sechs jahren
oma meckerte über die figuren und über die burg
freilich
da lernte man aber wenigstens von gut und böse

und ich begann immer auf der bösen seite im spiel zu stehn
mir gefiel skeletor

die burg snake mountain
und hordak der lehrmeister des bösen

leider gibt es das nicht mehr zu kaufen in amerika vielleicht
aber nicht bei uns

ich wünschte mir einen kleinen bruder
den ich erziehen konnte doch so etwas gab es doch nicht

ich erzählte mir gute-nacht-geschichten für einen der gar nicht
da war da war ich immer der held ich nannte mich uwe
markus kraus ich wollte immer so heißen

doch es gab da keinen der mir zuhörte

mein bruder war schon wie ich auf die welt kam zwölf mit dem
konnte man anfangs nichts anfangen

ich war immer der kleine uwe drück auf die tube manchmal
meint man grad weil ich angeblich so brav wäre ich wäre ein
schaf

den spruch erfand mein cousin andreas der jetzt keine
geburtstage und keine weihnachten feiert

ich war dann ja auch nicht immer der böse in meinem ersten
leben
ging es meist bergauf

ich brachte gute noten heim auch schreiben lernte ich schnell
in der grundschule
aber mit der mathematik hatte ich oft probleme einmal
rechneten wir mal
und ich brachte eine fünf heim

aber dabei konnte ich das doch

ich gab mir halt mühe
vor allen dingen in sachkunde und religion

das war auch der grund warum ich mich in der
weiterführenden schule für erdkunde als schwerpunkt sowie
als leistungskurs entschied

ach wie lange scheint die zeit zu fließen

mittlerweile schreibe ich zwanzig jahre

und das zu recht

ich halte die lyrik aufrecht
in meinem herzen

in der saison 1979/1980 wurde der betze sogar dritter ich
bringe dem verein glück

dann kam der sommer in dem ich weltmeister wurde 1990 die
nacht von rom unvergesslich der mauerfall

die wende und mein halbes leben helmut kohl

das war es
die zeit schießt durch die adern gottt sei dank

1981 gingen meine verwandten zu den zeugen
dann starb meine großmutter '87 die ich immer oma auf der
treppe nannte weil bis zu ihrem haus ein paar stufen zu
bewältigen waren

ich schenkte mir bei ihrer beerdigung mezzomix aufs essen so
durcheinander war ich
jetzt nunmehr mein halbes leben später habe ich keine opas
und omas mehr ich erinnere das nicht mehr das ist alles
weggeschluckt im hirn ich träume auch nicht von ihnen ich
habe vergessen

die zeit fließt wie in einem kanal einem strom

dann kam ich zu den pfadfindern dann wurde der fck unter
feldkamp meister und pokalsieger
und ich weiß warum sie abstiegen
in dem jahr wurde ich krank mein pech
das legte die stadt lahm

weizsäcker
kohl
joschka den ich wählte

die vergangenheit bebt in meinen entscheidungen

warum geht das alles so schnell irgendwann kommt ein knall
und alle sind weg

ich glaube der sommer 1996 in dem ich die zweimal operiert
wurde brachte den unfrieden

seither ist alles nur noch selters kein sekt keine orientierung
ein halbes leben

am schlimmsten ist es für mich dass ich das abi ertränkte in
delta-9-tetrahydrocannabinol
das hätte ich geschafft
ich hoffte wenn ich eine gute ausbildung machen würde
dass das das gefühl abtötet ein versager zu sein

aber ehrlich gesagt bin ich das so oder so

kein guter lebenslauf elf jahre rundgelaufen in der schule dann
ein jahr gastschüler dann ein akzeptables jahr dann wieder der

fluch

ich verlaufe mich in der erinnerung

dann kam ein dreiviertel jahr ein 630-mark-job im elterlichen
betrieb
das ärgert mich am meisten
und dann erst die meisterschule

die machte ich zwar gut doch das ärgert mich bis heute immer
noch

ich hatte alles in fester hand doch wenn das vielleicht so nicht
gekommen wär wär das mit dem schreiben nicht gekommen

glaubt mir das schneidet die haut auf

ich erinnere noch wie mein vater zu mir sagte rauch nicht und
trink nicht als ich mit dem roller fortfuhr zu meinen freunden

ich hörte nicht

mit 16 die erste zigarette den ersten joint
die erste kotzerei in dem dönerladen

ich war wirr aber das lässt sich trotzdem erzählen

ich war ja auch nie der typ der gemacht hat was man ihm
sagte das weiß ich doch

ich will doch von vorher und nachher erzählen

nicht mehr von haloperidol
oder von risperdal oder imap

das bekam ich ja auch intramuskulär

doch viel gibt's da nicht zu sagen

ich schweige wie gold

bleibt alles schizoaffektiv
und das ist kein kopfweh

3.

<u>Landeck</u>

ich schreibe zu viel über die bibelforscher dort will ich nicht
mehr hin versteht ihr

versteht ihr

dort erzählen sie dir sie schreiben an der bibel herum oder
fressen schachfiguren

oder sagen zu viel

und das macht einen dann selbst verrückt

erst wie ich ohne handschellen und ohne angebunden zu sein
dort existierte konnte ich mich wehren

ich hätte dort kugelschreiber zusammenbauen sollen doch
wem hilft das gegen eine akute psychose ich war doch damals
shakespeare und meinte ich hätte recht und ich würde gefilmt

doch es kam alles anders die kollektiven ströme begannen
da hätte man wirklich c. g. jung rufen müssen kaum als ich
dort war fing das an dass ich fremde gedanken hörte und mich
mit ihnen unterhielt

ich weiß doch dass das nicht richtig war aber ich steigerte mich ja da hinein

und schluckte jede scheiße die sie mir gaben

vom fliegenpilz bis zum codein

das war einfach nicht real was man da erlebt das weiß ich doch

dann bekam ich die nachricht von meinen eltern
dass meine oma an bauchspeicheldrüsenkrebs erkrankt war da
wollten die mich nicht rauslassen

ich vergaß

ich telepathierte in diversen gegenden herum
schizomanisch

und glaubte ihre stimme im gebet zu hören ganz schwach

da schrieb ich ja schon vier jahre
und ich schrieb wahnsinniges zeug zusammen
das kam vom alkohol den ich mir zuführte

4.

<u>skeletor</u>

da bin ich drauf hängengeblieben immer die bösen

da war dieser baubudenmensch der kaufte das hasch und die
pillen und freitag der machte die partys
am wochenende

erst eine bong dann zwanzig

dann dreißig

und später kam dann in rauen mengen das amphetamin hinzu
eigentlich nie richtig mdma einmal nur und ein einziger
mikrochip für die birne

dann die engelstrompeten die mich immer schon
interessierten

das war doch stechapfel

später las ich „schlafes bruder" und fing wieder nachdem ich
zwei jahre nicht gekifft hatte damit an

die pilze im pudding

ich hatte ja nichts ausgelassen

jetzt kann ich opioide auf rezept haben oder benzodiazepine
oxa-action

das ist ein narkosemittel

doch ich will ja jetzt seit 2003 brav bleiben als braveheart

keiner versteht das richtig

es ist doch alles wahr ich habe keine entzugserscheinungen
mehr nach irgendwas
das wollte ich mal klarstellen

höchstens nach dem schreiben

und das tut ja auch gut alles los zu werden

im gespräch mit gott oder dem geist in der maschine

oder dem bildschirm

da hatte ich mal ne cd die habe ich dann aus dem fenster
geschmissen

weil ich in ihrer klaren spiegeligen form einen spiegel zu einer
anderen welt sah

überhaupt alle cds hatten einen kontakt meinte ich zu mir sie
würden live auftreten dann meinte ich noch die welt würde für
mich arbeiten und
gott sei dank habe ich mir den porsche und den phaeton nicht
am telefon bestellt

ich meinte alle verlage gehörten meinem vater und ich räumte
mein konto leer

meine eltern verboten mir das autofahren

und ich kaufte mir für 1000 euro ein rennrad wie dampfwalze
von burg schreckenstein
den mein vater immer vorlas als kind

ich will doch niemanden langweilen mit diesen geschichten

wie hieß es immer:
demnächst in diesem theater

kein wallenstein
dafür aber ein experimentelles werk
das ich immer wieder verdichten werde in meinem leben in
meinem sinn

ich will doch nicht alles erzählen von c wie che bis z wie
zellbiologie

ich will zeit

denn durch diese entsteht man immer und immer wieder

ABBA   (Zellbiologie)

Uwe Kraus, den 15.05.2009

5.

Blitz

das fernweh hatte viele unschuldige ja schon gepackt als wir
mit unseren koffern am bahnsteig standen
keiner wollte sich überwinden zu gehen doch dann muss man
halt

keine erfindung von gleich oder wechselstrom durch die adern

wir wollten hinaus in die ferne in die weite

vor der gott sich sonnt in spiegeligen erinnerungen

ich kann nicht verstehen

ich will auch nie mehr verstehen
du bist hinfort

und mit dir blitz und donner

es wurde zeit zu gehen
OHNE DICH

keine minute der reue

keine gequälte sekunde

die enge bekleidet von ewiger scham

nie werden wir uns wiedersehen
wann und wo weiß ich doch nicht

jedenfalls standen wir da am bahnhof von verlassenen göttern
war die rede
sowie vom schlafabteil und dem speisewagen

von wo kommst du
jetzt
oder von wo bricht sich das leben in bündel

ich habe lange genug
gewartet
jedenfalls ich

ich weiß
doch dass ich nichts weiß

meine überzeugungen vom weihwasser durchtränkt

benno ist gestorben und maria und opa und oma

von wo sendet dieser astrale planet sein licht

ich verstehe verdrehe

drehe durch

ich allein bin noch da

und flüchte mich ins abteil zu den außerirdischen die das
solian fressen wie brotkrumen

endstation l.a.

Hier kam ich her mit dem bezamid

und in dieser produktiven phase da half nur wenn
wie gesagt wenn
jemand stirbt hilft nur

benzamid

das muss euch doch klar sein dieser zug fährt nicht weiter
nach london

endstation end of the road and end of the night

knight

ich sah dieses auto das auf mich zuschwamm

in hütender belanglosigkeit

jeden abend in rtl

radio luxemburg

und dort gab es auch stangenweise zigaretten und kaffee zu
kaufen

am ende des mondlichts schoss der zug über die schienen

und wieder hörte man die melodie der doors und dann wieder
syd barrett mit dem orfirilsaft

ich war am durchdrehen

was hatten die mir gegeben

ich kann das zeug nicht mehr schlucken meine mandeln sind
vereitert und dann musste ich sogleich auch kotzen

wieder dachte ich an großmutter und ihre urne die ich nie sah

immer noch verdrängte ich

es waren wahnvorstellungen

hier und dort etwas amphetamin

zur beruhigung speed

mein doktor versteht das wort falsch ich drehe am rad warum
dieser alkohol

und hinter mir ließ ich die tankstelle an der ich meinen
führerschein mit 500 euro ertränkte

dort hatte meine zweite psychose begonnen

bleibt zu erzählen

ich schreibe dem doktor ins bein

und mir schneide ich die finger ab
wenn sie mich nur mal endlich losbinden würden die
verrückten

wer war hier verrückt

ich weiß es noch nicht

ich hörte doch nur die gedanken vom wachpersonal

kein imap
das mich schützt kein klarer film mehr vom filmfahren

immer auf trip in der klapse ohne zutun

wer kann mit mir noch sprechen mit gespaltener zunge

gott es hat dich nie gegeben
faselte einer der an der bibel herumschrieb

ich verstehe wiederholte ich wiederkehrend

kam dann die krankenschwester mit dem essen in mein
krankenzimmer und ich begann mich zu wehren

wer soll essen wenn er stirbt

ich dachte benno hat sich totgehungert und ich

ich war da um die tabletten zu probieren

oder?

6.

ich

es geht immer nur darum
sich zu multiplizieren und das durch die ganze stadt

wenn man dann aber in jeder disco hausverbot hat ist es
schwer seinen wahnsinn durchzusetzen

versteht mich denn keiner da kommt man nimmer vom fleck
die oma ist tot und keiner hört einem mehr zu

wenn man nur ins meer geht wie shakespeare
und dann alles von so netten gedichten zusammenbauen
möchte

wie ein herz das schmilzt

ich war da im raucherzimmer dieser klinik und malte bilder an
die wand

ich malte tiefe gedanken mit einem edding an die vergilbte
gelbe nikotinverklebte wand
und keiner konnte entschlüsseln was ich mit dem studioalbum
von pink floyd vorhatte

ummagumma

der kingfisher schickte mich in den himmel

wie er ins wasser hineinschwebte
und die wogen des wassers
der klang alles blieb bei mir

nach der purtüte und dem lsa das wir uns zuführten ich und
ich

wer ist das in mir wollte ich immer wissen

doch da kein hynotiseur bei mir blieb und auch kein tiefes
lachen

war ich einsam

ich verliebte mich doch in die bibelfrau

das dach der stadt von dem ich träumte ich seh es noch jetzt
von meinem wohnungsfenster und der anrufbeantworter
nannte ihre telefonnummer meinte ich

das sind denkfetzen versteht das denn keiner mehr richtig

ich hätte gelebt
doch zu genießen fällt schwer die war doch da in meinem kopf
als ich die zigarettenschachtel klaute und den wein an der
tankstelle

ich wusste zu diesem zeitpunkt doch nichts mehr

alles was aus dieser zeit bleibt ist diese 42 qm große wohnung

und ihre nicht mehr geputzten scheiben seit einem jahr der
balkon von dem ich mein telefon aus dem dritten stock
schmiss und mein mobiles

und beinahe den fernseher

das war doch nicht nötig

denkt man an die benzamide

die man sich dann zuführte diese chemischen knebel

dies was uns das herz schwer macht immer mehr

7.

Warum?

Ich saß bei ihm im bauwagen und wir hörten doors
dann drehten wir einen joint nach dem anderen

und lachten machten späße später merkte ich das der aber
nicht ehrlich zu mir war

der hätte mir sagen müssen mach langsam und mich nicht mit
meinem schicksal alleinlassen sollen

der hätte mich retten können

stattdessen machte der mir den weg frei um groß und größere
mengen zu konsumieren

wie wenn der mich ruinieren wollte

wir malten bilder
während wir kifften

und auch da hätte der doch merken müssen was mit mir los
war

ich malte bilder die einfach keinen sinn ergaben

immer malte ich augen

und gekrakel paradoxe paranoide bilder

die eindeutig mein schicksal deuteten

auch das was ich erzählte war wirr da muss man doch gebieten

einhalt gebieten

ich hätte alles anders machen sollen

ich glaube ich will den nie mehr sehen

der hat doch mein herz verweicht

und meinen verstand verrückt
oder berückt

8.

petrus

wir hätten uns von anfang an klar werden sollen

wohin wir mit unseren nerven wollen

und warum wir das wollen

da blieb der wettergott und diese diagnose F20.0

wenn ich doch nicht immer dieses ameisenlaufen im kopf
hätte dieses kribbeln unter der hirnhaut

da gibt es kein medikament dafür

diese cluster im kopf kommen immer wieder

kann denn niemand das verstehen

2003:

ich sitze in meiner wohnung und hacke
auf die tastatur

diese gedichte sind menschlich erdrückend

die kontakte die ich pflegte waren nie die besten

jedenfalls kann das nicht so kommen mit dem angeldust
der brachte doch salz und gewürze für meine gnocchi

und ich machte das jodsalz in eine sprudelflasche und trank es
nachdem ich drei codeintabletten genommen hatte

dann konnte ich telefonieren ohne das telefon

ich rief esther telepathisch im rhythmus das herz das
schwelgte

immer mehr

der sommerregen kam dann auch noch als ich mich auf
meinen balkon setzte und in der bibel davids psalmen las
„all the children are insane" dröhnte der lautsprecher durch
die stadt

und ein gewitter zog auf
vor allen dingen

das blut an meinem hemd kam als ich mir
mit dem taschenmesser den arm verletzte

doch ich bin nach all dem doch kein idiot

doch ein versauer aller guter chancen

wenigstens hörte der wind mir zu und die pollen flogen

weizen birken

und diese roggenpollen

die uns alle so was von high werden lassen

dieses mutterkorn ist doch nur dazu da uns wahnsinnig zu
machen
wir wissen das doch

ich spielte den wind auseinander um die größe der gestalt zu
bekommen

und wieder mahnt mich das bild von l.a. das

ich an die wand malte

time
seen the sun horizon

schrieb ich in die „ewulution"

danke gott danke

dies ist die höh

und dort ist die aue
an der ich mich weidete ich sah ihn als mir mein
zimmernachbar den koran vorbetete und die absolute größe
war die kabbala

die er aufmalte

ich zerstörte die hoffnung immer mehr

amen

gott die kinderbibel war ja auch noch in meiner kindheit ein
mehrwert

versteht ihr das versteht

die holte mich ein kain abel

und der stechapfel

9.

ich war langatmig auf den kurzstrecken im schwimmbad man
sollte ja auch nicht mit einem verdichteten schädel
schwimmen gehen

da bleibt einem die luft weg

im sportunterricht wurde mir das zum verhängnis ich konnte
immer schnell diese distanz bewältigen doch dann kam dass
ich beinah ertrunken wäre

das wäre doch ein zeichen meinte man könnte man meinen

ich kam auf 4 punkte das war beinah mangelhaft dabei war ich
immer gut in dieser disziplin

ich war eher wie ein pelikan in das wasser getaucht um zu
ertrinken

wer konnte das dann noch verstehen ich fand in der schule vor
lauter wirrer empfindungen nicht mal den eku-raum erdkunde
hatte ich in diesem vorher mindestens sieben jahre
und fand mich nicht mehr hier zurecht

mein gott war das alles schlimm wenn ich darüber nachdenke

diese erzählung basiert auf träumen

muss man da festhalten

es ist kein grund da um die wahrheit zu erzählen

die wäre nämlich dämlich geworden
hätte das nicht schon in der grundschule meinen untergang
bestätigt
oder?
der untergang der niedergang

ich erzähle kein wort von l.a.
das gibt's in diesem leben doch zweimal

jede woche fuhr ich nach tripsdrill

um mich zu dröhnen vollzudröhnen

das waren die intelligenteren schicker muss ich festhalten

die waren aus l.a.
nicht aus landeck

eher langenast

da gab's wieder die pilze im pudding und den

verfluchten marmorkuchen den tee der goblins

und den kaba

ich erzähle im nachhinein so vieles das an meinen grauen
zellen vorbeischwappt

zweimal waren wir in holland

und nahmen dieses lsa

kochten das passionskraut

und auch die einzige maschine die alles aufnahm blieb ich

mein leben ist spannend
da sind spannungen

und hin- und herziehende schlangenlinien auf dem eeg

in homburg machten sie ein eeg ein emg
ein ekg

und wem nutzte das was gegen diese lungenentzündung

ich sehe ein ich hatte mich mit diesem tabak vollgestopft

und diese coffeintabletten genommen

jeden tag cappuccino im raucherzimmner

dort kriegt man doch nur malzkaffee

wer erträgt das
das war doch wahnsinnig den schrei auszustoßen

gegen dieses gefängnis

ich hatte nicht gedacht dass ich das erleben müsste

schon mit siebzehn wollte mein arzt mich in eine polyklinik
nach mannheim schicken

doch meine eltern fürchteten das gerede sie wollten keine
psychatrie

später war das dann aber nicht mehr zu vermeiden

2003
wird 16 jahre her

seitdem kein gar nichts ich träume von engelstrompeten

aber eher in großer distanz und großem respekt

kein lsd das ich nahm

dafür die ganze andere palette eingestellt in dieser ewigen
neugier

10.

mornin bell

alles was bleibt vom letzten pillentrip sind unsere
vorahnungen
die hände und dieser klebrige schweiß
wie lange werden wir noch diese luftfeuchtigkeit spüren
und
wann werden die minuten zu diesem stein

ich war doch erst 16 und noch nicht in der lage die dinge
inhaltlich festzuhalten sonst hätte ich immer geschrieben auf
trip

dann kam der geistige zerfall die demenz über die jeder was
wissen musste

ich war in dieser schönheit nicht auf einem hawaiianischen pilz
hängengeblieben

ICH NICHT

ich hätte alles unter eine vision gebracht
vor allem aber kam dann radiohead
und dieses orientalische salz das er brachte

ich verstand sofort:

CUT THE KIDS IN HALF

GET THE KIDS IN HELL

oder was kann man da noch verstehen
ich wusste diese benzamide würden mich beschützen

das risperidon

oder das ciatyl z

keine gnade
ich schlief immer bei AMNESIAC ein

zugedröhnt und ohne flache atmung

ich wusste:

WIR WISSEN

ich besuchte bibliotheken im traum
und zerwühlte die bücher
um eine göttin entstehen zu lassen

ESTHER

das buch esther das mich faszinierte und das mich in den
wahnsinn trieb

diese göttliche schönheit

dieser rausch

vom dach der stadt

es war klar dass diese amnesiastischen gefühle kamen und
gingen

ich war immer eher der hiob-typ

doch ich litt mehr als er

ich las vom „stern des bundes" und vom „gott der stadt" den
„sebastian im traum"
und wie gesagt „mohn und gedächtnis"

gleich „algabal" und george
celan und bachmann

vom großen bären

ich las von benn
und mich schaudern
die ratten die borchert verspiegelte in seinen erzählungen

alles was mir an gedichten in die finger kam sei es neruda oder
jandl oder der der meine dialektik neu formte

der seiler lutz gab mir den letzten drall

ich wollte doch nur diese eine stimme formen

MEINE STIMME

ohne den ausdruck mitten den novalischen maßstäben

oder wie kann sonst ein gedicht entstehen

wenn es kalkweiß wie trakls kokain wirkt

ich will ein neuer celan werden

unbeschreiblich greifbar
nicht abgeschrieben oder unterkühlt

doch die liebe wie auch die drogen verformen die
illuminationen

ich blieb klein

mein herz ist rein

und bucklig sind die denen die knochen verweichen

ESRA

11.

ES GIBT BÖSE ZUNGEN die behaupten

ich muss doch ein ziel haben
kein ziel in sicht
ich schreibe doch für die königin unter den zungen der kann
man nie was recht machen

kein lektor der welt ist anspruchsvoller als diese schickerin die
schicktante die ist nie zufrieden

alle haben was gegen die nur sie selbst nicht

habe ich dies alles erlebt ohne EIN ZIEL glaubt ihr das

ich bin immer hingefahrn und habe drogen ohne ziel
genommen

aber was war eigentlich das ziel meines daseins ich bin
ultraviolett vor diesem prisma auf der dark side

und doch habe ich all das erlebt um dieses eine loszuwerden

NEHMT KEINE DROGEN
FRESST KEINE BENZODIAZEPINE
UND NEHMT EUCH IN ACHT VOR DER PSYCHIATRIE

meint ihr es geht so weiter mit eurer komasauferei und mit
diesem kotzkiffen

hoffentlich nehmt ihr dann mal diese warnung ernst ich wäre
beinah ein krüppel geworden

oder ein selbstmörder

die fremden habe ich mit angst angesehen

denkt nicht an die gene

das macht kein pilz kein wodka
das macht alles dumm wie brot

LASST DIE FINGER VON DROGEN

denkt an den der die engelstrompeten nahm und beinah
ersoffen wär
weil er dachte er wär ein fisch

ich wollte doch nur erzählen

ich kann dieser zeit nichts abgewinnen

ich würd das nie mehr verkraften

amen

ewu

das muss doch das ziel sein meinte ich

ob ich später ankomme weiß ich selbst nicht

12.

wir

wir waren in der vergangenheit gerufen worden von unseren
lehrmeistern

nie mehr kommt man an
leise

ich wollte diesen abgesang

entstehen lassen

syd ist gestorben und bald wird diese apokalypse auf uns alle
einschlagen
wenn der himmel sich öffnet und der blutige astrale leib in
unsere galaxie eindringt

ich habe hiervor keine angst
oder mitleid
das sind die die mit den engeln denken

ich jedenfalls
werfe mich nicht vor die u-bahn

wegen dieser vergehen
auch werde ich nicht mich erhängen
ich bin plastisch und lebendig

habe diese drogenmusik assoziiert
ohne ein weiteres wort der gnade

ich wäre auf dem allem hängengeblieben
gäbe es keinen gott

oder eine vision
die ich hatte von diesem alten greis auf diesem granitsessel

auch sah ich einst jesus in meinen träumen

und meine gebete
führten mich in eine klare gebirgsregion
unweit des himmels

auf der ich meinem dämon huldigte

ich gab mir trotz dieser viele vergehen gegen das
betäubungsmittelgesetz müh

ohne reu

ich hätte nie ins wasser steigen wollen
um mich zu taufen

doch ich stellte mich unter die dusche und taufte mich

aber die geistigen verhältnisse in diesem
kontrakt

blieben meine gedichte

jedes von ihnen scheint ein gedankenstrom
und das machte mich zu der person
die sich nie orientieren brauchte im grasrausch

ich hatte immer das glück
dass ich leben verstand

ich verstand eben dieses leben

und dieser arzt wird immer meiner bleiben im augenschein

der versucht mich zu heilen

und zu öffnen
meine leben sind neun

und ich werde auferstehn

und durch diesen spiegel gehen

und mit diesem kreuzbandschaden
diesem verworrenen gehirn

einen neuen weg finden

ICH
BIN

UND AUF EWIG

SCHWEIGT DES ALTEN STIMME

19.07.09

Vita Uwe Kraus

1979, am 17. Februar, wurde ich in Kaiserslautern geboren. Ich machte nach meiner Fachhochschulreife eine Ausbildung zum Maler und Lackierer an der Meisterschule für Handwerker in Kaiserslautern und arbeitete im Familienbetrieb, wobei ich dann eine Ausbildung zum Kaufmann im Berufsfeld Büromanagement anstrebte. Vor Jahren entdeckte ich die Literatur und Philosophie für mich, die mich zwang zu antworten und zu schreiben. Bald werde ich eine Ausbildung als Genesungsbegleiter absolvieren, die mich befähigt, diese niedergeschriebene Erfahrung weiterzugeben.

Liste lieferbarer Bücher:

Der Stern des Lebenssinnes . 2001 . Gedichte . Bod

Fußball ist unser Leben . 2007 . Lyrik . Bod

Liebe/gedichte Lyrik aus neun Jahren . 2008 . Bod

Gewichte aus der Zwischenwelt . 2012 . Bod

Ewu.lution – Apokalyptische Gedichte . 2013 . Bod

Lunatics 2014 . Bod

Lichtwechsel . Gedichte . 2016 . Telegonos

Auf dem Weg zurück zu mir . 2017 . Telegonos

Sternentraumsegler . 2017 . Bod mit Christina Lautwein

Englische Übungen . 2017 . Bod

An die Liebe und andere Ungereimtheiten . 2018 . Bod